El Libro de Hechizos Secretos

Adaptado por Tom Rogers

Basado en el episodio "Spellbound" de Tom Rogers
para la serie creada por Craig Gerber

Ilustrado por Disney Storybook Art Team

Disney PRESS

Los Ángeles • Nueva York

Primera edición en rústica, febrero de 2017 10 9 8 7 6 5 4 3 2 1
ISBN 978-1-4847-7566-0
FAC-029261-17006
Número de tarjeta del catálogo de la Biblioteca del Congreso: 2016952597

Impreso en Estados Unidos
Para ver más libros de Disney Press, visite www.disneybooks.com

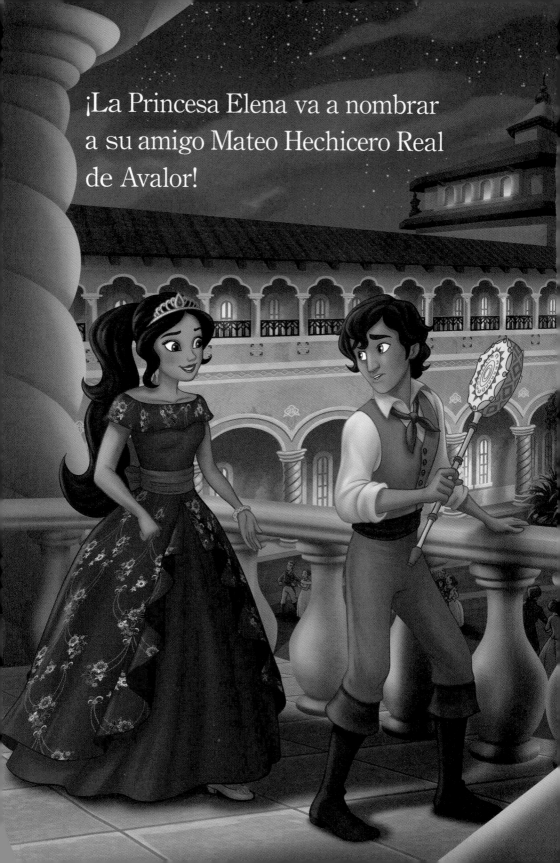

¡La Princesa Elena va a nombrar a su amigo Mateo Hechicero Real de Avalor!

Elena invitó a la ceremonia a
personas de todo Avalor.

A medida que llegaba más gente,
Mateo se ponía más nervioso, y hasta
se le cayó su tamborita.

—¿Y si no soy lo bastante bueno para
ser Hechicero Real? —preguntó Mateo.

—Vas a ser el mejor —le dijo Elena
mientras le devolvía su tamborita
mágica—. Después de todo, ¡tu abuelo
también fue Hechicero Real!

Mientras todos observaban la ceremonia, un malvado hechicero llamado Fiero se coló en el castillo sin que lo vieran. Quería robarse el libro de hechizos secretos.

Fiero estaba buscando el libro, cuando
un guardia lo vio en un pasillo.

—¡Alto ahí! —le gritó el guardia, pero
Fiero sacó su tamborita y convirtió al
guardia en estatua.

Los invitados a la ceremonia oyeron el alboroto. Fiero pensó que tratarían de detenerlo, ¡así que los convirtió a todos en estatuas!

Cuando Mateo vio a Fiero, lo reconoció. Antes de que Fiero pudiera convertir a sus amigos en estatuas, Mateo los protegió con un hechizo.

Mateo sabía que Fiero quería el libro de hechizos.

—¡Tenemos que encontrar el libro antes que él! —les dijo a sus amigos.

Mateo sacó el diario de su abuelo.

—Dice aquí que el libro está oculto en alguna parte del palacio.

De pronto, aparecieron mágicamente en la página tres pistas para encontrar tres llaves.

La primera pista los llevó a un reloj de péndulo. Cuando Elena movió las manecillas del reloj, se abrió un cajón oculto. ¡Había una llave en su interior!

La segunda pista los llevó al salón de música. Cuando Gabe tocó el piano, se abrió un compartimiento secreto.

—¡Encontré la segunda llave! —exclamó.

La tercera pista los llevó a una pintura
de la Bahía de Avalor. Mateo encontró
la última llave oculta en el marco.

Mateo examinó de cerca la pintura.
—Esas pequeñas cuevas raras
parecen ojos de cerradura —dijo.
Entonces todos metieron las
llaves en la pintura, ¡y esta
se abrió!

Detrás de la pintura encontraron el
taller mágico de un hechicero.
—¡Miren! Ahí está el libro de hechizos
secretos —dijo Mateo.

—¡Denme eso! —gritó alguien detrás de ellos. ¡Era Fiero!

Fiero apuntó hacia el libro con su
tamborita, ¡y este salió volando hacia
sus manos!

Gabe y Naomi trataron de arrebatarle el libro a Fiero, pero el malvado hechicero los convirtió en estatuas.

Entonces Fiero apuntó su tamborita
hacia la Princesa Elena.

—¡Mateo! —gritó Elena— ¡Tú puedes
derrotarlo!

Mateo no iba a dejar que Fiero lastimara a Elena.

—¡No! —gritó enojado. Con su tamborita, Mateo bloqueó el hechizo de Fiero y lo hizo salir volando por la puerta.

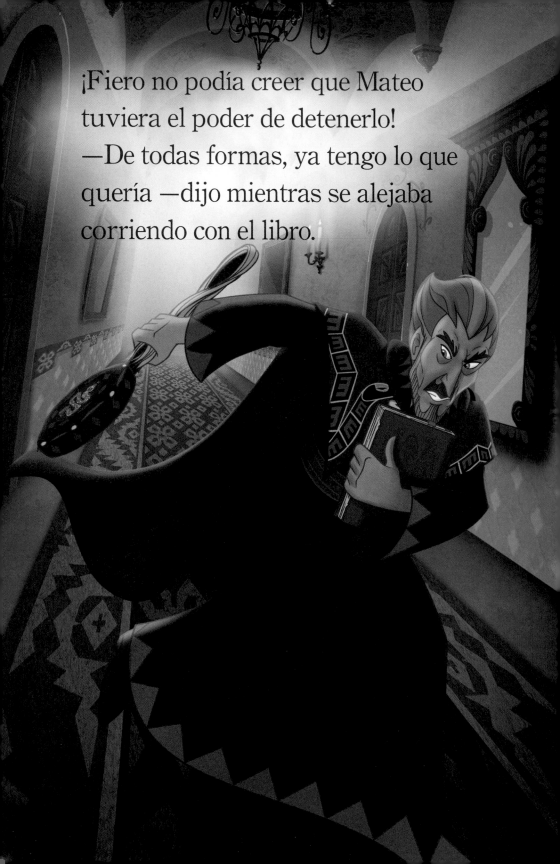

¡Fiero no podía creer que Mateo tuviera el poder de detenerlo!

—De todas formas, ya tengo lo que quería —dijo mientras se alejaba corriendo con el libro.

—Voy a buscar a Fiero —dijo
Mateo, y le dio a Elena una botella
con una poción mágica.
Elena la usó para romper el
hechizo de Gabe y Naomi.

Mateo persiguió a Fiero por el castillo, hasta el patio.

Fiero apuntó su tamborita y le lanzó
un hechizo a Mateo.

Mateo logró bloquearlo con otro
hechizo.

¡El hechizo de Fiero rebotó sobre el
malvado hechicero y lo convirtió
en estatua!

En ese momento, Elena, Naomi y Gabe salieron
corriendo del castillo para unirse a Mateo.

—¡Lo lograste, Mateo! —exclamó Elena feliz.

—Pues sí... —dijo Mateo mientras se encogía
de hombros.

Entonces regresaron al salón de baile.
Mateo golpeó la botella de la poción
mágica con su tamborita. La poción
cayó sobre todos los invitados y
rompió el hechizo.

—Estoy muy orgullosa de ti, Mateo
—le dijo Elena—. Derrotaste a Fiero y
salvaste el libro de hechizos secretos.
—Creíste en mí, aun cuando yo
mismo dudaba —le dijo Mateo
sonrojándose—. Gracias.

¡El flamante Hechicero Real hizo
aparecer fuegos artificiales mágicos
para deleite de todos!